五行歌集

光る水滴

福田雅子

目次

一　桜のネイルアート

爪にのせた
桜の花びらの
ネイルアート
風がさらうまで
しばしの華

やぎ

強風に散った
桜の花びら
車輪のように
転がって
私を追い越す

高くかざした
桜の落ち葉の
虫食い穴から
空が一滴ずつ
落ちてくる

伐採された桜の
切り株からも
萌芽更新
命は
再生を放棄しない

冬芽の中で
シワになった
若葉に
春の陽ざしの
アイロンかけ

吹きだまりで拾った
スミレ一株
植木鉢が
我が家のように
紫の花弁の安らか

大地の
温もりを
挟んで
春キャベツの
葉のゆるり

いつも明るい方に
曲がりながら伸びる
2度目の豆苗
迷いのない習性に
元気をもらう日のあって

雨で倒れた
サクラソウ
☆型の萼が
天の川のように
横たわる

雑木林の隅っこで
ネモフィラが
5輪咲いている
花の形の青空が
落ちてきたように

もみじの
真っ赤な
新芽は
紅葉の
遺言

どんぐりの
双葉の赤色は
試練を
覚悟した
勝負の色

田舎の畑の
土を掘り起こす
ふくよかな
命の匂い立ちのぼり
ウグイス鳴く

細長～い畑の
端と端
無言のサインで
ビニールを張る
里芋畑の春

重なり合う
緑《あお》もみじの
グラデーション
風に任せ
光に任せて

目の奥まで届く
新緑の緑は
植物だった
私の記憶に
辿り着く

丸い背中に
太陽を映した
てんとう虫は
陽だまりで　きらり
赤い宝石

身近な所で
思いがけない
野草に出会う
雑木林の土の記憶は
ひっそり確か

シロツメクサの
花まで浸かる
原っぱの
水たまりは
モネの睡蓮の池

「チョウの幼虫が
蛹になったら
ちょうだい」と言う
ちゃっかりした
ご近所さんのいて

二　男の色気

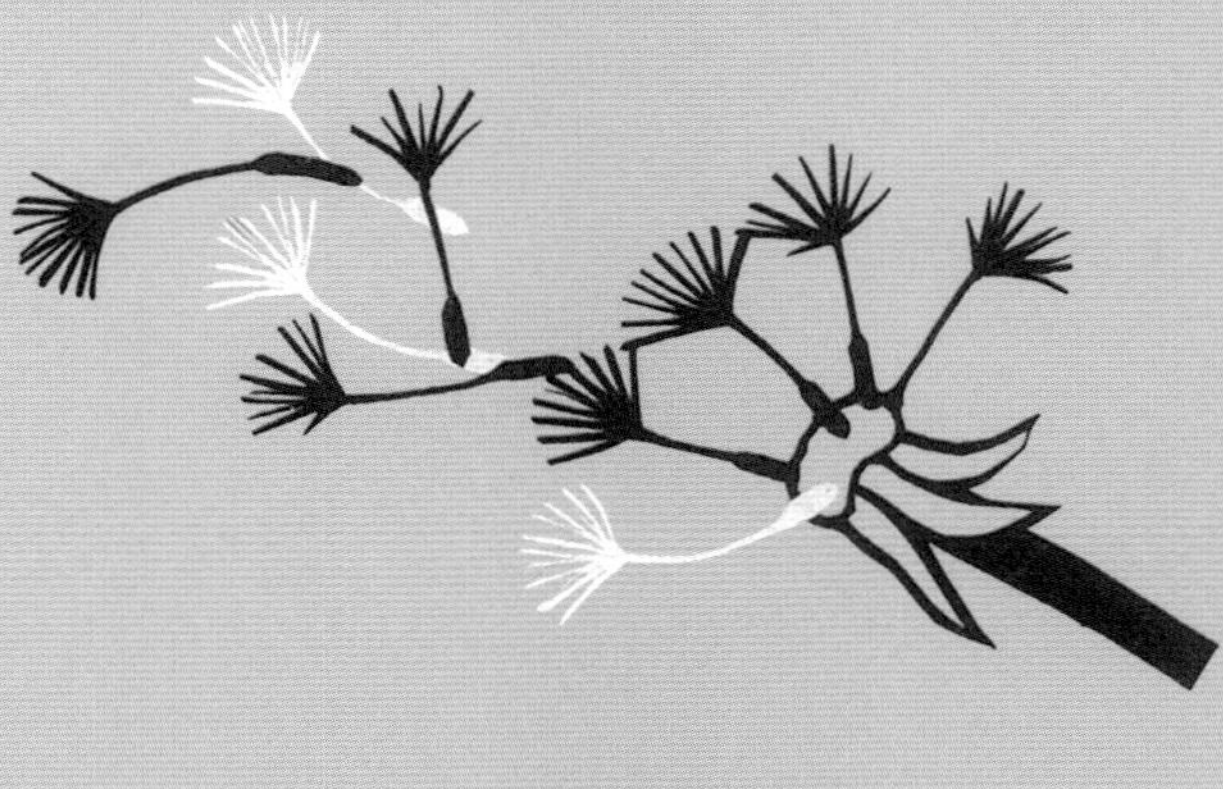

折り上げた
シャツの
袖口に
男の色気
漂って

美しいものを
魂の目に
記憶させ
来世の私の
デジャヴにする

大瓶の底に
ちょっぴりより
小瓶に
いっぱいが嬉しい
満足の器のサイズ

負の思いは
小袋に分けよう
明後日には
あったことも
忘れるように

風に揺れた
タンポポの綿毛から
種子一つが離れる
その瞬間を形にする
超絶技巧の金属アート

折り紙で作った蛹に
ハサミを一回入れて
さらに折っていくと
チョウに変身
進化する折り紙の世界

ウニと栗は
離れていても
秘密の
共通言語で
交信している

水は
沸かすと
湯
という
匂いになる

習字教室の先生が朱筆で大書する『マンション建設反対』

乳牛から産まれた
子牛は
ミルクで育つ
母子の絆は
搾取されて

ネーミングの
上手さに唸る
『神のみぞシール』は
絵馬に貼る
個人情報保護シール

ホトトギスの
声が聞こえ
目の奥で
暦がはらっと
めくれた朝

水の中でひろがる
乾燥わかめは
春が
冬眠から
目覚めるよう

草木や鳥さえ
生存のために
話し合っている
対話を避ける
ヒトの未来は・・・

宇宙人なんて
会ったこともないのに
侵略者扱い
地球人は
戦争が好き

歌友と
四年振りのランチ会
笑って笑って
帰り道
猛暑の青空に上弦の月

肩に
そっと置かれた手に
『手当て』の
語源を悟る
一瞬がある

一言で訳しきれる
日本語もないのに
『プライバシー』は
都合よく
言い訳にされる

声に出して
何度も読む
文字の呼吸が
私の呼吸を
受け入れるまで

ゆりかもめの
青海《あおみ》駅から見渡した
海の広さよ
ペンライトを振った
コンサート会場は海の上

三　光る水滴

雨上がりに
光る水滴は
大きくても
小さくても
同じ世界を映している

雑木林から聞こえる
キビタキの声は
ピッコロのよう
夏の始まりの
高らか

飼い犬の肉球の間に
桑の実が挟まって
見上げた枝の向こう
薄青い空に
雨色のニュアンス

清流の中の
飛び石の一本道を
軽口をたたきつつ
慎重に歩く
大人の遠足

雨降りの午前五時半
蓮の蕾を見にゆくと
お椀のように
花弁重なり
まさに開花の時だった

なるほど
散蓮華《れんげ》だ
散り落ちた
蓮の花弁
慈雨を集めて

土の中で
地上をうかがう
セミの幼虫
羽化への旅は
雨から始まる

アゲハチョウの
翅は
ステンドグラス
黒い縁取りから
夏色のこぼれて

雨上がりの
空まで
映りそう
畑のナスの
紫紺の輝き

花の紫を
裏切らない
紫紺の
茄子の
美しく

美しく羽化したのに
飛べないアゲハ
果汁を与え
共に過ごした
16日間

台風一過の
日差しの強烈
葉の裏に
てんとう虫を
くっきり写して

前を行く車の
リアウィンドウに
夏空が広がる
私のハンドルは　今
操縦桿になった

追い越しを
繰り返し
蛇行する
バイクのお尻は
モンローウォーク

水田に挟まれて
真っ直ぐに伸びる
農道は
離陸の夢みる
滑走路

溽暑の日々
キッチンの隅の
粗塩が
海へ帰ろうと
溶けている

四　ナスカの地上絵

金管樂器の
管のカーブは
ナスカの
地上絵のように
謎を湛えて

日英バイリンガルの
朗読者は
リバーシブルの
コートのように
声を着替える

傾けると
水滴が
こぼれそう
水辺を描いた
水彩画の透明

心酔する作家さんの
作品の真ん前で
偶然ご本人に出会う
熱のこもった話の中に
すっと立つ心柱

ペン先を
浸したら
切ない想いが
綴れそう
エーゲ海の潮碧く

扁額の
文言の末尾は
『風　涼し』
広めに残した余白は
風の通り道

今を告げながら
過去も未来も
同時に見せる
時計の文字盤は
タイムマシーン

逆さにするだけで
日常が
非日常になる
写真に騙された脳が
しびれ喜ぶ

猛暑で枯れ縮んだ
山椒の葉にも
アゲハは産卵する
育児放棄を迫られる
山椒の嘆き

老犬が
お漏らしを
するようになった
これからが
本気の愛玩

五　空が落ちてくる

芝刈りの後の
青草の山に
ふわ〜んと
ひっくり返れば
！空は落ちてきそう

咲き始めたら
まっしぐら
金木犀の香りは
かけっこで
いつも一番

手を抜くと
稲穂より高く
稗　黍　粟
田んぼの中で
雑穀米

果粉《ブルーム》を
皮に纏った
巨峰の一粒
水に落ちれば
銀の鈴

窓の下から
虫の声がして
ふっと想う
ベニスの運河と
ゴンドラと

夜通し
起きていた花が
眠っていた花に
昨夜の流星の
話をしている

萩の葉波と月は
一緒に在るだけで
風流の形
満月でなくても
花はなくても

白鳥が
飛ぶような
巻雲が美しい
落ち葉を踏む音
少し高くなって

花の絵を見て
チョウの絵を見て
自然観察会のように
都会の画廊を
友と巡る

照明を　少し
落としただけで
奥深さが一段と増す
蝶の日本画
光の逆効果を体感する

ふわりふわり舞って
キジョランに止まる
アサギマダラ
長旅に備えて
都会の緑に憩う

無心で
ハサミを動かす
落ち葉の切り絵
机の上で
秋が深まっていく

磨き込まれた
実相院の床に映る
もみじは
プロジェクション
マッピング

海に沈んでも
山に沈んでも
ビル群に沈んでも
初冬の夕陽は
名残惜しい

植木鉢の縁で
コンコン忙しく
秋をついばむ
ヤマガラの背
和色が渋い

緑色だった
ウラギンシジミの蛹が
黒くなっていく
静かな激変の
神秘のサイン

色の抜けた
紫陽花は
八変化目の
美しさで
アンティークのよう

葉脈だけが
そっくり残った
アジサイの葉一枚
庭の隅で
繊細を広げる

六　地面のひび割れ

地面のひび割れは
平和な国境線
大雨の後の
新しい世界にも
争いはない

隅々まで
凸凹くっきり
赤色立体地図は
惜しげない
地表のヌード

１００年前
牧野富太郎が訪れた
多摩川の土手
羽村の堰も
その姿を見たろうか

あまりに
群生すると
雑草と
括られる
野の草花たち

崩れた土は
山がアッカンベーと
舌を出すよう
出会ってはいけない
自然と人の生息領域

地下通路の壁面は大理石
ＣＴ画像のような
アンモナイトの
化石が眠る
東京駅ワンダーランド

日本列島の原形も
こんな風に
大陸から離れたんだ
ヒビに沿って
百均の皿が割れた朝

北太平洋の
首にかかる
ネックレスの
チェーンのように
アリューシャン列島

坂は
忘れられた
地形の
成り立ちを
記憶している

昔の地名を
白地図に置いていくと
地形が現れる
地名の由来は
教訓をも内包する

ブドウ棚を利用して
栽培された
天空かぼちゃ
地面を知らなくても
大地の味は忘れない

里芋の上の
落し蓋が
ぶくぶく踊る
地球の陸地も
似たようなもの

しばいぬ　あきたいぬ etc.
無人探査機が
月面の岩につけた
犬種の名前
かぐや姫も知ってるかしら

七合目まで
雪を被った
富士山の形の小石
なぜか
見るたびに嬉しい

幹の虚ろが
空まで抜ける
縄文杉
二千年の精気は
葉の先端まで脈々と

パンドラの箱を
開けたような
この世界だけど
箱の隅には
希望が残っている

七　雪中四友

蝋梅　山茶花
椿　水仙
初春の花は
「雪中四友」と
迎えられ

フライパンで
ぽこぽこ
弾けるような
枇杷の花は
ポップコーン

すっかり
葉の落ちた
サンシュユの枝に
赤い実の
イルミネーション

ヘッドフォンのような
サンシュユの実を
枝にぶら下げ紫陽花は
ショパンの
『雨だれ』を聞いている

川辺の
草の先に止まる
カワセミは
プレアデス星団の
碧色で揺れている

舞い上がる
土埃の
仮想現実
一瞬で私は
砂漠の真ん中

湯船の柚子を
囲い集める腕の
七分袖の日焼け跡は
長い夏が押した
太陽の刻印

柿色の渋紙を
うちわの骨に
貼るように
裸木の向こうに
陽が落ちていく

越冬した
ルリタテハが
翅を広げて
太陽光で
充電中

越冬中の
ジャコウアゲハの蛹が
見る夢は
穏やかな気候と
春のロマンス

霜柱は
地面をほぐす
柔らかな
春の誕生が
傷つかないように

寒稽古に臨む
少年剣士のよう
足元冷たくも
日本水仙
凛々しく立つ

葉に包まれた蕾が
土から頭を出し
開いていく
セツブンソウは
早春のパラソル

タチツボスミレの蕾
凛と立つ
ありふれた
花になる前の
密やかな優美

三月の雪の朝
植木鉢の
シュンランは
羽を広げた
淡緑の妖精

用水路を
流れる
水の音が
半音上がって
春が来る

八　無言の失言

あまりにも正直な
私のリアクション
言わないのに
言ったと同じ
無言の失言

秘密は
心に
嘘の
種を
蒔く

代り番こに
小石を蹴りながら
下校する
中学生の初恋を
秋の陽が見ていた

緑の季節は
ふざけながら下校した
中学生の君と私
いつからか無口になって
日暮れの道に小菊の白

気が多いことも
悪くはない
初対面の人とも
意外な接点で
話が盛り上がる

その一言は
角砂糖に落ちた
水滴のように
私の決意の
角を溶かしていく

思いがけない
その一言が
形のなかった思いを
ゼラチンのように
固めていく

しばらく見かけない
犬友と友犬
ピンポンして
尋ねる
勇気もなく

赤暗い部屋に
ツンと酢酸の臭い
写真が趣味だった
父親の手際を
黙って見ている子供《わたし》がいた

便箋に
たたみ込んだ
恋心は
封筒の中で
鼓動する

嘘のような偶然で
まっさらな
美文字教室が出現
迷うことなく
生徒第一号になる

筆ペンで始めた
美文字教室
いつの間にか
香りを楽しみながら
硯で墨を磨っている

書道展の
壁いっぱいに
幼児の書
炸裂する個性に
お手本もお手上げ

書道の先生が
仮名文字で
書にして下さった
光る水滴の歌
ちょっぴり まひろ

龍に救われる
夢を見た
月光に光る
慈愛の眼差しは
一瞬の永遠

悲しみも苦しみも
ないのなら
喜びもない
つまらない所だ
天国って

九　透明な地球

透明な地球を
ドポンと
落としたよう
富士の裾野の
湧水スポット

宇宙に出れば
存在しない。
星座は
地球人の
美しい錯覚

今にも
朝の
青空に
溶けていきそう
下弦の月

新月が
太陽と重なる
皆既日食
見えない月の
魅惑の存在証明

第二の地球が
見つかった時
私たちの星は
青く　美しく
輝いているだろうか

南極の地下の湖で
ヒト知れず
進化する生命体
未知との遭遇は
空からとは限らない

牛乳の膜のような
地表を
剝がしたら
地球は
どんな星になるだろう

草原で草を食む
ホルスタインも
黒い斑は熱い
北極の氷雪の減少は
地球の危機

太陽系の
７つの惑星
12月の夕空に並ぶ
仲間の容態を
案ずるように

限りなく
0に近いモノと
数えきれない
0が並ぶモノで
宇宙は濃密

測ったような
奇跡の配置
太陽・月・地球
今　あなたがいて
わたしがいる

跋

草壁焰太

雨上がりに
光る水滴は
大きくても
小さくても
同じ世界を映している

この歌を見たとき、これはもちろん自然の歌だが、人の世も描いていると思った。小さい水滴、大きい水滴は、私たちの目のように思える。どの目も、同じ世界を映している。幅広く言えば、人間以外の動物も…。私はこの歌を見たとき、この世に溢れているさまざまな目を思った。同じ世界を映して、私たちは同じ仲間としてこの世に在る。それがとても嬉しいことのように思えた。

それで雑誌『五行歌』の二〇二四年四月号の表紙歌にした。表紙歌はその月の二千近い歌の代表である。

彼女の歌のよさは、その目のよさである。水滴は同じ世界を映すが、歌人の目はそれぞれ違ったものを映し出す。彼女の歌には、はっとさせられることが多いのは、予想もしないものを映し出すからである。

金管楽器の　　　植木鉢の縁で
管のカーブは　　コンコン忙しく
ナスカの　　　　秋をついばむ
地上絵のように　ヤマガラの背
謎を湛えて　　　和色が渋い

金管楽器の管のカーブを歌にしたのは、これが初めての歌である。なぜ、これを歌にしなかったのか、この歌を読むと不思議に思う。これを見取るのが目のよさである。また、ヤマガラの背が和色であるという。言い当てられたなあと思った。

「和色」とは日本独自の色づかいのことで、辞典さえあるが、それは世界の色とはまったく違った体系である。日本独自のくすみを持った色が多い。

ヤマガラの背はその和色であるという。どちらかといえば茶色、土色の系統の色でなっている。「和色が渋い」というのは、まさに最適の表現であろう。
これも、彼女の発見である。

高くかざした
桜の落ち葉の
虫食い穴から
空が一滴ずつ
落ちてくる

細長～い畑の
端と端
無言のサインで
ビニールを張る
里芋畑の春

第一歌集の『馬ってね…』は、馬を描いた歌で人を惹きつけたが、この歌集は幅広い歌を集めている。読んでいくほどに、目のよさに驚かされる。

あとがき

一年前には新しい歌集を出すことなど全く考えていなかったのに、思いがけない出来事をきっかけに、事務所の皆さんを振り回し、拘り満載の歌集を出すことになりました。

この歌集は、素晴らしい切り絵、美しい書、そしておまけ的に私の五行歌から成っています。切り絵と書、間に挟んだカラーページを楽しんでいただければ、私はそれだけで大満足なのです。

新型コロナの流行による刺激の少ない日々は、五行歌界にも少なからず影響があったはずです。私はと言えば、家にいる時間に、ＳＮＳを通して新しい世界と繋がったり、新しい人と繋がったり、それなりに楽しんだように思います。幸い、大流行の時期には感染もせず、マスクを二重にして、直行直帰で都内まで出かけたこともありました。そこで得た感動やワクワク感は、五行歌にもなりました。私にとって楽しむことはとても意味のあることなのです。

切り絵作家の羊大さんとは、三年ほど前に羊大さんの初個展でお会いしてお話しして以来、ＳＮＳを通してお付き合いいただいています。私の歌集の表紙のために、賞を取られた蓮の作品の一つを、私の希望も取り入れて、快く切り直してくださり、挿絵まで切って下さいました。本当に光栄なことです。羊大さんの「五行歌普及の一助になれば」という一言は一生忘れないでしょう。

二年ほど前から書道を始めたことも、新しい楽しみへの入口でした。五行歌本誌の表紙歌に選んでいただいた「光る水滴」の歌を先生にお見せしたら、書にしてくださいました。それが今回の歌集の香楓先生の美しい書に繋がりました。もっと早く始めれば良かった、と思うこともありますが、この歌集にとってはベストなタイミングだったのです。勝手を言ってご迷惑をおかけしつつ、やはり気ままに楽しませていただいています。

末筆ながら、忙しい時期に相談にのってくださった草壁焰太主宰、三好叙子副主宰はもちろん、私の我儘を理解してくださり、美しく仕上げてくださった水源純さん、井椎しづくさん、そして五行歌の会本部の皆さまに、心からの感謝の気持ちをお伝えせずにはいられません。

いつも励ましてくださる歌友さん、この歌集をお手に取ってくださった全ての方々に感謝申し上げます。

二〇二五年　早春

福田雅子

福田 雅子（ふくだ まさこ）
1953 年　横浜生まれ
2011 年　五行歌を始める
2016 年　五行歌集『馬ってね…』出版
埼玉県狭山市在住

五行歌集　光る水滴
2025 年 2 月 20 日　初版第 1 刷発行

著　者　　福田 雅子
発行人　　三好 清明
発行所　　株式会社 市井社《しせいしゃ》
〒 162-0843
東京都新宿区市谷田町 3-19 川辺ビル 1F
電話　03-3267-7601
https://5gyohka.com/shiseisha/

印刷所　　創栄図書印刷 株式会社
装　丁　　しづく
切り絵　　羊大
書　　　　嶋宮香楓

ISBN978-4-88208-218-7

五行歌五則

一、五行歌は、和歌と古代歌謡に基いて新たに創られた新形式の短詩である。

一、作品は五行からなる。例外として、四行、六行のものも稀に認める。

一、一行は一句を意味する。改行は言葉の区切り、または息の区切りで行う。

一、字数に制約は設けないが、作品に詩歌らしい感じをもたせること。

一、内容などには制約をもうけない。

五行歌とは

五行歌とは、五行で書く歌のことです。万葉集以前の日本人は、自由に歌を書いていました。その古代歌謡にならって、現代の言葉で同じように自由に書いたのが、五行歌です。五行にする理由は、古代でも約半数が五句構成だったためです。

この新形式は、約六十年前に、五行歌の会の主宰、草壁焰太が発想したもので、一九九四年に約三十人で会はスタートしました。五行歌は現代人の各個人の独立した感性、思いを表すのにぴったりの形式であり、誰にも書け、誰にも独自の表現を完成できるものです。

このため、年々会員数は増え、全国に百数十の支部があり、愛好者は五十万人にのぼります。

五行歌の会　https://5gyohka.com/
〒162-0843東京都新宿区市谷田町三―一九
川辺ビル一階
電話　〇三（三二六七）七六〇七
ファクス　〇三（三二六七）七六九七